Bel Mooney

Pétula

La petite chienne aux idées géantes

W0344062

illustré par Clément Devaux

GALLIMARD JEUNESSE

Pour mes parents,
qui bichonnent la véritable Pétula
– B. M.

CHAPITRE 1

Souris

Depuis qu'il était tout petit, Harry avait toujours voulu un chien. Du fond du cœur.

Il en parlait sans arrêt : il affirmait que tout le monde devrait avoir un animal, surtout un chien, et qu'il se voyait avec un chien très spécial, que c'était un besoin, pas une simple envie ; un chien qui l'accompagnerait partout, serait son meilleur ami, quelqu'un à qui parler, avec qui jouer ; que c'était encore plus important quand on arrivait dans un nouvel endroit et qu'on ne connaissait personne, et que, de toute façon, les chiens n'étaient pas appelés les meilleurs amis de l'homme pour rien, et que la vie ne vaudrait pas la peine d'être vécue tant qu'il n'y aurait pas un chien à la maison, et...

– Oh, Harry, ARRÊTE un peu ! dit sa mère.

– J'arrêterai quand tu auras dit que je pourrai avoir un chien. Allez, maman, pour mon anniversaire, supplia-t-il.

Elle lâcha un de ces soupirs qui lui remontaient depuis les pieds et la parcouraient tout entière. Son corps semblait alors s'affaisser. Il se sentit coupable.

– Harry, j'ai assez à faire comme ça sans avoir un gros molosse qui court partout dans la maison, renverse les affaires et met tout sens dessus dessous, répondit-elle de ce ton qu'il connaissait si bien.

Et qui indiquait clairement que, s'il continuait, cela serait de sa faute quand elle se

mettrait à souffrir d'une de ces migraines qui la rendaient triste et fatiguée. Ce ton signifiait aussi que c'était sans espoir. Alors, il n'ajouta rien, pas cette fois, en tout cas. Mais il savait que cette idée ne le quitterait jamais. Parce que, sauf s'il avait un jour un chien qu'il puisse appeler son meilleur ami, il se sentirait éternellement seul.

Dans sa chambre, Harry s'assit pour discuter avec son copain imaginaire. Il l'appelait Prince : un croisement de labra-

dor et de colley… Non, plutôt de berger allemand et de setter irlandais… Bon, en vérité, il ignorait de quel mélange était fait le chien fantôme ; mais il savait que Prince était très grand, noir et marron, avec des yeux attendrissants couleur chocolat et des oreilles pointues qui se dressaient à l'appel de son nom.

Évidemment, c'était l'animal le plus intelligent du monde. Lorsqu'il se tenait debout sur ses pattes arrière, il était aussi grand que Harry lui-même, et lorsqu'il s'étalait de tout son long devant la télévision, il ressemblait à une grande carpette poilue et moelleuse. Harry était sûr qu'au fond c'était une bonne pâte, mais pour tous les autres gens, il donnait l'impression d'un terrifiant chien de garde. Un seul de ses aboiements et pas un méchant ne résisterait à l'envie de prendre ses jambes à son cou. Harry n'avait pas encore déterminé qui étaient vraiment les méchants. Les voleurs et les gros durs, bien sûr, mais il se demandait également si, avec un chien pour le protéger, il arriverait à empêcher les grands de sa nouvelle école de l'appeler « minus ».

– Tu es le meilleur, mon Prince, murmurait-il à son ami invisible.

Parfois, il tendait même la main et s'imaginait le gratter sous ses douces oreilles, avec sa chaude odeur animale dans les narines. Il voulait un chien. Il avait besoin d'un chien. Il mourait d'envie d'avoir un chien !

– NON ! dit maman pour la centième fois.

Ou était-ce la millième ?

Ce jour-là, à l'école, ce fut pire que d'habitude. Harry ne comprenait pas pourquoi les enfants ne réalisaient pas à quel point c'était difficile d'être le nouveau, dans une ville inconnue, alors que votre mère pleure la moitié du temps et passe l'autre moitié à s'affairer dans l'appartement, à repeindre des murs, à coudre des rideaux. Ils n'étaient pas non plus si désagréables, sauf David, peut-être, le plus fort et le plus populaire des garçons de la classe, qui n'avait pas cessé de dire que Harry n'était pas capable d'atteindre l'étagère du haut de la bibliothèque. Il savait que, dans des moments comme ceux-là, son visage se figeait en un sourire idiot et désespéré. « Aimez-moi un peu, s'il vous plaît ! » semblait-il dire. Exactement comme lorsque Prince revenait de dehors au grand galop, couvert de boue, salissant partout, avec cet air de savoir qu'il faisait une grosse bêtise. Il laissait alors pendre sa langue et souriait à pleines dents ; et personne n'arrivait à rester longtemps en colère contre lui.

Oh. Mais il n'y avait pas de Prince.

Pas de chien.

Tandis que Harry franchissait d'un pas traînant le portail de l'école, il songea combien la vie était injuste.

Il ne voyait pas beaucoup papa, à cause de son nouveau travail, de sa nouvelle maison, de tous les nouveaux trucs. Il regarda ses camarades de classe qui le dépassaient en courant, certaines filles allaient bras dessus bras dessous, et il souhaita – il souhaita si fort – se faire au moins un ami.

Il y avait quelque chose de changé chez

maman, aujourd'hui. Ce n'était pas ses vêtements, bien que Harry ait remarqué qu'elle s'était faite un peu plus jolie que d'habitude, avec cette veste élégante qu'elle n'avait pas mise depuis des années. Non, c'était son visage qui semblait différent. Ses joues étaient toutes roses et elle portait même une touche de rouge à lèvres ; ses yeux brillaient comme jamais depuis longtemps – depuis que tout avait mal tourné.

– Qu'est-ce qu'il se passe, maman ? demanda-t-il.

Elle haussa les épaules d'un mouvement joyeux et lui fit un grand sourire.

– Rien du tout ! répondit-elle. J'ai... Oh, rien.

Tandis qu'ils se mettaient en route pour la maison, Harry insista :

– Allez, maman, tu as quoi ?

Elle ne put résister :

– Une surprise ! glapit-elle. Une surprise pour toi. Et pour moi !

Pendant tout le chemin du retour, un petit

rictus énervant flotta sur ses lèvres ; mais elle refusa de dire un mot de plus. Ils n'avaient pas longtemps à marcher pour rejoindre la haute maison ancienne, divisée en appartements, où ils logeaient. Ils avaient la chance d'occuper le rez-de-jardin, et maman avait déjà commencé le désherbage et les plantations en prévision de l'été.

Quand ils tournèrent au coin de leur rue, ils virent un camion de déménagement devant la maison qui jouxtait la leur.

– Oh, j'espère que nous allons avoir des voisins sympas, dit distraitement maman. Et j'espère qu'ils n'auront rien contre… mon petit secret !

Elle lâcha un rire espiègle.

Harry n'en pouvait plus.

– Maman ! hurla-t-il presque, tandis qu'elle introduisait la clef dans la serrure. Dis-moi c'est quoi la surprise !

À l'intérieur, la porte de la cuisine était fermée.

La main sur la poignée, maman se tourna vers Harry et murmura :

– Mon chéri, tu as été si courageux ces derniers temps, avec tout ce que tu as dû traverser, qu'aujourd'hui je suis allée nous chercher un nouvel ami. Un animal pour la maison…

Harry n'osait espérer.

– Un chaton ? souffla-t-il.

– Non, mon chéri. L'animal que tu as toujours voulu. Nous avons un chien.

Elle ouvrit grand la porte et Harry se précipita dans la cuisine avec un petit cri d'excitation.

– Génial ! Viens, mon chien ! Mais… hé, maman, où est-il ?

Il s'arrêta net. La pièce était vide, du moins en apparence.

– Regarde ! dit sa mère.

Et là, dans le coin près du frigo, assis sur l'un des coussins à fleurs du salon, se tenait le plus riquiqui, le plus ridicule chien que Harry ait jamais vu. D'un blanc immaculé, avec des oreilles tombantes, des yeux, une gueule et un nez minuscules, noirs comme des morceaux de charbon dans le visage d'un bonhomme de neige, il faisait à peu près la même taille que son vieux nounours.

Quand il les aperçut, il agita un semblant de queue qui se recourbait sur son dos en un panache soyeux. Il sauta de son coussin

et trottina sur ses courtes pattes dans leur direction, avec un air joyeux et peureux à la fois. Maman se pencha et le recueillit comme un bébé. La petite créature sembla se détendre dans ses bras.

Harry ne dit rien. Mais cela n'avait pas d'importance, puisque sa mère faisait toute la conversation.

– Tu vois, je suis passée devant le refuge de la S.P.A. l'autre jour et quelque chose m'a poussée à y entrer. En fait, je me disais que, si nous prenions un chaton, tu arrêterais de me harceler pour avoir un chien. Mais bon, la dame de l'accueil m'a raconté que cette petite chienne – c'est ce qu'on appelle un bichon maltais – venait juste d'arriver. Tu ne vas pas le croire, Harry, mais elle a été abandonnée attachée à un arbre dans un parc ! Comment peut-on faire une chose pareille ? Ils pensent qu'elle n'a que six mois. Regarde-la ! Pas étonnant que j'aie craqué. Alors j'ai dit que je la voulais bien, si personne ne la réclamait. Je n'ai pas pu m'en empêcher ; elle est tellement adorable. Tu ne trouves pas qu'elle est belle ?

Harry était toujours sans voix.

– Ils sont venus voir où nous vivions, tu sais. Ils veillent à s'assurer que leurs animaux auront un bon foyer. Heureusement que nous avons un jardin, n'est-ce pas, mon chéri ? Pétula est déjà sortie l'explorer. Je crois qu'on pourrait installer une chatière, comme ça, elle…

– Pétula ? interrompit Harry sombrement.

– Oui, mon chéri, continua de jacasser maman. En allant la chercher, j'écoutais ma chanteuse préférée dans la voiture, tu sais, celle que tu n'aimes pas beaucoup, Pétula Clark, et il m'est soudain venu à l'esprit que cette chienne ferait une parfaite petite Pétula ! C'est vrai, je me rends compte que j'aurais dû te laisser choisir, mais tu ne penses pas que ça lui va vraiment bien ?

Harry se contenta de fixer la bestiole

blanche qui le dévisageait à son tour de ses yeux semblables à deux boutons noirs.

Pour la première fois, maman le regarda avec attention et commença d'avoir l'air inquiet.

– Harry ? Qu'est-ce qui ne va pas ? Je croyais que tu serais fou de joie. Tu n'es pas content que nous ayons enfin un chien ?

Pendant encore une minute ou deux, il resta silencieux. Puis il rugit :

– Mais ÇA, c'est PAS un chien, maman ! Pas un VRAI chien !

Il se précipita hors de la pièce avant qu'elle ait pu voir ses larmes de déception.

Dans sa chambre, il se confia à son ami imaginaire, son grand, son magnifique ami, dont la langue pendait avec commisération.

– Elle est minable, Prince, tu l'as vue ? On dirait plus une petite souris stupide qu'une chienne ; je parie qu'elle serait morte de trouille si un chat débarquait dans le jardin ! Pour rien au monde je ne me montrerais dans la rue avec ce truc en laisse ; si maman s'imagine le contraire, elle se trompe ! Et « Pétula » ? Non mais enfin, c'est quoi ce nom, tu me vois crier ça pour l'appeler ? Si maman a envie d'un chien de fille, très bien. Mais je ne veux rien avoir à faire avec ce machin idiot ! Oh, mon Prince... J'en ai tellement marre...

Maman finit par l'appeler du couloir pour lui dire que le dîner était prêt. Quand Harry poussa la porte de la cuisine, elle arborait cette expression faussement enjouée qui signifiait qu'elle était contrariée mais décidée à faire en sorte que tout aille bien. Pétula lança une série de jappements stridents qui lui vrillèrent les oreilles.

– Regarde, elle te dit bonjour ! sourit maman, tandis que le petit chien lui faisait la fête.

– Ah. Et elle sait dire au revoir ? répondit Harry.

Il s'assit à table, et maman posa sèchement une assiette de hachis Parmentier devant lui. C'était une bonne cuisinière ; et le hachis était le plat préféré de Harry. Il se sentit un peu réconforté. Pétula se dressa sur ses pattes arrière et prit appui sur lui comme pour le supplier de la prendre sur ses genoux.

Elle avait l'air plutôt mignonne, mais Harry pensa à Prince et refusa de se laisser amadouer. Alors, maman la ramassa, et la petite chienne se blottit en boule sur ses cuisses, comme si elle vivait avec eux depuis toujours.

Pendant un moment, ils mangèrent en silence ; puis maman demanda :

– Tu l'aimes quand même un peu, hein, mon chéri ?

– Je voulais un chien, pas une souris. Elle est trop petite.

– Trop petite pour quoi ?

– Trop petite pour tout !

– Est-ce qu'elle est trop petite pour aimer, Harry ? interrogea-t-elle tristement.

À cet instant, Pétula, toujours sur maman,

se redressa, s'assit et posa le menton sur la table. Ses yeux brillants semblaient pouvoir lire dans les pensées de Harry ; soudain, il se sentit méchant.

– Elle n'est pas si mal, en fait, marmonna-t-il. Mais je ne sortirai pas avec elle. Les gens se moqueraient de moi.

– Bien, dit sa mère de sa voix la plus froide. C'est moi qui l'emmènerai en promenade.

Harry fit ses devoirs ; maman regarda la

télé avec Pétula sur les genoux puis insista pour qu'il l'aide à chercher des accessoires pour animaux sur Internet.

– Il va lui falloir un joli panier, des choses comme ça, disait-elle.

Harry avait envie de hurler ; il finit par réussir à s'échapper dans sa chambre. Il lut un moment, puis maman vint lui souhaiter bonne nuit.

– Et où la chienne va-t-elle dormir ? demanda-t-il.

– Dans la cuisine, répondit-elle en l'embrassant. Et ce n'est pas « la chienne », Harry. C'est Pétula.

Elle éteignit la lampe et sortit.

Abattu, Harry murmura dans l'obscurité :

– Dors bien, Prince.

Il l'imaginait étendu devant sa porte – qui restait toujours légèrement entrouverte pour laisser passer un rai de lumière. Prince veillait sur lui ; comment une boule de poils blancs pourrait jamais faire cela ?

Il ne sut trop combien de temps plus tard, mais alors qu'il venait juste de sombrer dans le sommeil, il entendit un bruit à peine perceptible, un raclement, un grattement, comme une souris qui courait derrière une plinthe. Il se redressa.

Scratch, scratch, scratch..., faisait le plancher de sa chambre. Il imagina une araignée géante, ou un cafard... Brrr !

Soudain, il s'aperçut qu'on tirait légèrement sur sa couette ; il glissa un œil vers le bas. Une petite tête blanche semblait luire dans l'obscurité. Pétula avait posé les deux pattes avant sur son lit et, tandis qu'il la dévisageait, elle émit un minuscule grognement comme pour lui demander de l'aider à monter.

Sans réfléchir, Harry se pencha et la souleva, étonné de la sentir si légère dans ses bras.

– Salut, face de souris, murmura-t-il. Comment es-tu sortie de la cuisine ? Tu ne peux pas dormir ici, tu sais.

Pétula pencha la tête sur le côté et l'observa.

– Je suis sérieux, continua-t-il de sa voix la plus sévère.

Mais la petite chienne se contenta de s'affaler sur la couette et de se rouler en boule. Elle s'endormit.

Pétula rêvait.

Quelque part dans la chambre se trouvait un énorme chien. Elle savait qu'elle l'avait déjà rencontré : il était très grand, noir et marron, avec des yeux attendrissants couleur chocolat et des oreilles pointues qui se redressaient au moindre bruit. Tout comme les siennes. Quand il entama un long grondement sourd et menaçant, elle répondit aussi sec d'un grognement féroce qui aurait glacé le sang de n'importe quel rat.

Oh, elle allait l'attraper par la peau du cou, le secouer, et lui régler son compte bien comme il faut ! Même si ce n'était pas un rat mais un gros molosse, elle arriverait parfaitement à le faire déguerpir.

– Grrrr, dégage ! Je vais japper avec une telle furie que tu n'auras pas le temps de dire ouf. Il n'y a pas de place pour deux chiens dans cette maison.

CHAPITRE 2

Lapin

À son réveil, Harry fut stupéfait de découvrir un petit paquet blanc blotti dans le creux de ses jambes ; il s'aperçut qu'il souriait malgré lui, et oublia complètement de dire bonjour à Prince.

On était samedi. D'habitude, il aimait traîner au lit, somnoler ou rêvasser, jusqu'à ce que maman vienne lui dire qu'il fallait qu'ils aillent faire des courses, ou du rangement, ou d'autres choses tout aussi ennuyeuses. Mais ce jour-là il bondit à terre et enfila ses vêtements. Pétula s'assit pour le regarder, la tête penchée sur le côté, sa langue rose dépassant légèrement. Elle ressemblait tellement à une peluche que cela le fit sourire encore davantage. Elle avança jusqu'au bord du lit, regarda en bas, puis leva les yeux vers Harry. Il songea combien elle était incroyablement petite.

– Ah ah, tu ne peux pas sauter, n'est-ce pas, face de souris ? C'est trop haut pour tes

courtes pattes ridicules ; alors, qu'est-ce que tu vas faire ?

Se sentant un peu mesquin, il se dirigea vers la porte de sa chambre avec l'air de vouloir la laisser en plan. Mais quand il se retourna, il vit Pétula prendre son élan pour sauter. Elle atterrit avec fracas sur le sol rutilant puis trottina à sa suite comme si de rien n'était. Sa queue se recourbait de manière espiègle sur son dos.

Maman leva les yeux de son journal et se fendit d'un large sourire. Elle désigna le coussin vide qui gisait par terre.

– Qu'est-ce que vous avez fabriqué, tous les deux ? Elle n'a pas pris trop de place, Harry ?

– Je ne lui ai jamais demandé de venir, marmonna-t-il.

– N'essaye pas de faire ton grognon, rit-elle. Je suis sûre que tu étais ravi !

Il ne répliqua pas. À vrai dire, il s'était réveillé au milieu de la nuit et avait senti un poids inconnu contre sa jambe ; lorsqu'il avait tendu la main pour voir ce que c'était, ses doigts avaient rencontré un corps doux et chaud et il s'était rallongé avec un soupir. Cela l'avait réconforté, exactement comme si le vieux nounours qu'il câlinait autrefois (et qui vivait maintenant sur la commode pour éviter de perdre sa bourre) avait pris vie et respirait doucement dans le noir pour lui tenir compagnie. Au lieu de rester étendu, yeux grands ouverts, à se ronger les sangs à propos de l'école ou de papa, à se demander si maman se sentait seule ou s'il rencontrerait jamais Prince dans la réalité, il s'était juste tourné de l'autre côté et rendormi aussitôt.

– Je crois que tu devrais commencer à dresser Pétula, lança maman quand ils eurent fini leur petit déjeuner. Apprends-lui à s'asseoir, des choses comme ça. Emmène-la dans le jardin pendant que je fais la vaisselle.

– Maman ! protesta Harry. Elle est incapable d'apprendre quoi que ce soit. Son cerveau doit avoir la taille d'une cacahouète.

Pétula le regarda avec reproche.

– Je ne sais pas, murmura maman qui prit la chienne dans ses bras et lui caressa la tête. Peut-être la taille d'une noix.

Harry émit un reniflement de dégoût et sortit de la pièce à grands pas, sans remarquer que Pétula gambadait sur ses talons, comme si elle était attachée à sa cheville par un cordon invisible.

Il faisait froid mais le soleil brillait. Les massifs étaient parsemés de jonquilles et des bouquets de perce-neige étincelaient sous les arbres. Pétula galopa dans l'herbe, fit volte-face pour regarder Harry, puis lâcha un petit glapissement et se ramassa sur son arrière-train. Elle leva une de ses pattes avant puis l'abaissa pour gratter le sol avec un jappement.

Harry l'observa sans broncher.

– Si tu crois que je vais jouer avec toi, tu te trompes, dit-il, avant de se détourner.

Mais la chienne ne sembla pas s'en formaliser. Elle courut se placer devant lui, recommença son petit manège et gratta deux fois le sol de sa patte. Elle était drôle, mais il se refusa à sourire.

– Pétula, ici ! cria sa mère de la porte qui donnait sur le jardin.

À l'étonnement de Harry, le nouveau membre de la famille démarra comme une flèche et prit son élan pour se dresser sur la jambe de maman.

– Comment lui as-tu appris ça ? demanda-t-il.

– Je ne lui ai rien appris ! Les filles n'ont pas besoin qu'on leur explique, hein, Pétula ? dit-elle avec un clin d'œil complice.

Puis elle révéla à Harry quelques informations qui le laissèrent partagé entre excitation et nervosité.

La maison voisine était restée vide un moment, puis des ouvriers étaient venus et repartis ; hier, ils avaient aperçu un camion de déménagement devant la porte.

– Et ce matin, j'ai vu les parents, annonça maman. Ils ont deux enfants ! Ils ont l'air d'avoir ton âge, alors tu vas peut-être te faire de nouveaux copains, Harry. Ce serait chouette, non ? J'espère que nous allons bien nous entendre avec eux. J'ai pensé leur rendre visite…

– Non ! hurla Harry.

– Mais c'est sympa d'être accueillant, mon chéri.

Harry pensait que cette famille devait être riche et prétentieuse ; après tout, ils avaient acheté une maison entière, énorme, alors que lui et maman ne partageaient qu'un deux-pièces. Il les imaginait très bien faire semblant d'être amis avec maman pour mieux se moquer par-derrière, sans aucune intention de se lier d'amitié avec elle. Il ne pourrait le supporter.

– Laisse-les au moins s'installer, répondit-il de sa voix la plus maussade. Ils n'ont sûrement pas envie que tu les embêtes.

Tout ce qu'il gagna, c'est de voir s'afficher un air blessé sur le visage de maman. Elle se pencha pour prendre la chienne et s'éclipsa. Harry se retrouva seul dans le jardin froid.

Il se sentit abandonné. Il donna un coup de pied dans l'herbe et se demanda pourquoi il était de si mauvaise humeur. Il entendit de la musique en provenance de la maison d'à côté ; lorsqu'il leva les yeux vers les fenêtres, il crut voir une ombre reculer rapidement. Mais il n'était pas sûr. Il recommença à s'inquiéter. Si les enfants avaient son âge, comment allait-il pouvoir les rencontrer ? Et s'ils étaient vraiment horribles ? Serait-ce pire que s'ils étaient géniaux et ne voulaient pas être ses copains ? Et s'ils avaient déjà des millions d'amis et ne le trouvaient pas intéressant ? Et s'ils avaient un chien vraiment redoutable, avec de grandes dents de loup, et qu'il mange Pétula ?

Cela ne serait pas plus mal, se dit-il, mais il savait qu'il ne le pensait pas.

Comment fait-on pour approcher les gens ?

Comment s'y prend-on pour se faire des amis ?

Harry soupira. Il ne réussissait à rien dans cette nouvelle ville.

Ce samedi matin, après avoir regardé la télévision, mangé une pomme et observé maman qui persistait à porter son stupide chien partout comme un bébé, Harry sortit de nouveau dans le jardin. Il songea vaguement à cueillir quelques jonquilles pour se faire pardonner mais, après un bref examen, il conclut qu'il n'y en avait pas assez. Il essaya de ne pas se mettre à épier la maison adjacente, mais il ne pouvait s'empêcher de se demander ce que faisaient les nouveaux voisins.

Il baissa les yeux. Pétula était à ses pieds. Malgré lui, il sourit quand il la vit. Elle devait vraiment être le plus petit chien du monde. Il y avait quelque chose de tellement marrant dans la façon dont elle le regardait, comme pour dire : « Allez, sois rigolo ! Joue avec moi ! » Mais même si Harry n'avait jamais eu de véritable chien, il devinait que celle-ci n'était pas du genre à courir après un bâton. Alors qu'est-ce qu'on pouvait lui faire faire ?

Soudain, comme si Pétula avait lu dans ses pensées, elle entonna le concert de jappements le plus assourdissant qu'il ait jamais entendu. Elle se précipita vers la haute clôture qui les séparait du terrain contigu et resta en arrêt ; elle regarda fixement les planches tout en poursuivant son vacarme infernal. Les pattes arrière écartées, elle semblait se préparer à affronter un ennemi invisible. Puis elle sauta contre

la clôture et glapit encore « OUAH OUAH OUAH OUAH » sans discontinuer.

C'était comme si elle cherchait à intimider quelque chose qu'elle savait être là, mais qu'elle ne pouvait pas voir. Ou quelqu'un.

Un nuage passa devant le pâle soleil printanier et Harry frissonna.

– Qui est là ? cria-t-il en direction de la barrière.

Personne ne répondit, mais Pétula persista à aboyer, à danser sur place, à tourner sur elle-même, encore et encore, chaque minute de plus en plus furieuse.

Au-dessus d'elle, des planches disjointes formaient une large fente que Harry n'avait jamais remarquée auparavant. Il avança sur la pointe des pieds en direction de l'ouverture et plissa les yeux. Était-ce… ? Mais non, il s'imaginait sûrement des choses. Ce fut alors que Harry se rendit soudain compte que son regard plongeait directement dans celui de quelqu'un d'autre, tandis que la petite chienne jappait, piaillait, virevoltait, tournicotait.

– Hé ! fit-il.

– Salut, dit une voix de garçon.

Harry entendit un bruit, comme si on remuait derrière la clôture, puis un gloussement étouffé – qui ressemblait à celui d'une fille. Quelques instants plus tard, la tête du garçon apparut au-dessus des planches. Il avait l'air un peu plus vieux

que lui et le dévisageait avec assurance et décontraction.

– Mais qu'est-ce que c'est que ça ? Quel raffut !

Harry se raidit. Il ouvrit la bouche pour parler, mais l'autre ne lui en laissa pas le temps :

– Il est plus petit que notre lapin ! ajouta-t-il avec un sourire rayonnant.

Ce n'était pas dit avec méchanceté, mais plutôt pour blaguer.

– Mais sa voix est plus puissante ! répondit Harry qui sourit en retour.

– Comment t'appelles-tu ?

– Harry. Et elle, c'est Pétula. C'est bien une chienne, même si c'est dur à croire.

– Mon nom est Isaac Wilson. Et voici ma sœur, Léna. On est jumeaux, tu vois. Même si on ne le dirait pas quand on la voit essayer d'attraper un ballon.

Il pointa du pouce derrière son épaule pour désigner Léna puis lâcha un « aïe ! » sonore tandis que sa sœur, toujours hors de vue, lui donnait une tape.

Il y eut un bruit de chahut, des rires, puis Isaac disparut.

Quelques secondes plus tard, une nouvelle tête surgit au-dessus de la clôture. Les cheveux du garçon étaient taillés en mèches courtes hérissées de gel ; ceux de Léna, longs et raides, formaient un rideau brillant, brun foncé, qu'elle chassa en arrière pour révéler un large sourire. Mais il ne s'adressait pas à Harry.

– Oh, j'adore tellement ton petit toutou ! s'écria-t-elle.

Pétula jappa.

– Elle est si mignonne ! continua Léna. Comment s'appelle-t-elle ?

– Euh... Pétula, répondit Harry qui se sentit rougir.

Il se pencha rapidement et prit la chienne dans ses bras ; il la tint serrée et lui intima le silence. Elle se tut immédiatement.

– Oh, elle est adorable ! Et tellement intelligente ! Elle fait tout ce que tu dis, s'exclama Léna qui, cette fois, leur décocha un sourire radieux à tous les deux.

– Euh... ou... oui, c'est vrai. Et je vais commencer son dressage bientôt, fit-il en prenant un air décontracté.

Il s'aperçut qu'il aimait le contact de Pétula dans ses bras.

– C'est une lapine ! fit la voix d'Isaac.

– Non, les lapins, c'est plus gros ! lui cria Harry.

Léna éclata de rire.

– Je peux venir jouer avec elle ? demanda-t-elle.

Ce fut aussi simple que cela. À peine cinq minutes plus tard, la sonnette retentit et la maman de Harry eut la surprise de découvrir deux enfants inconnus sur le pas de sa porte.

– Nous venons voir Pétula, annonça Léna d'un ton décidé.

Ils mangèrent quelques biscuits puis la fillette se lança dans une course-poursuite à travers le jardin avec la petite chienne. Harry leur montra sa chambre et fut content de les entendre dire que ses posters étaient chouettes. Ils lui racontèrent qu'ils avaient

déménagé depuis l'autre côté de la ville parce que leurs parents avaient eu un coup de cœur pour cette grande maison, mais Léna annonça qu'elle préférait l'appartement de Harry parce qu'il était beaucoup plus douillet. Pétula ne cessait de cavaler autour d'eux ; elle semblait parfois décider que les visiteurs étaient des ennemis et se mettait à aboyer comme une folle.

– C'est un bon chien de garde ! dit Léna.

– Un lapin de garde ! répliqua Isaac.

Harry s'esclaffa.

Finalement, les deux petits voisins parlèrent de rentrer chez eux, non sans avoir promis à Harry qu'il pourrait venir voir leur maison une fois que les cartons seraient déballés. Et Léna ajouta que sa maman adorerait rencontrer la mère de Harry ; alors celle-ci proposa de l'inviter pour boire le thé dans un jour ou deux. Enchantés, ils se dirent au revoir. Pétula avait accepté l'amitié de Léna, mais jappait toujours après Isaac, et ce fut les derniers sons qu'entendirent les jumeaux quand la porte se referma derrière eux.

– Alors, mon lapin, quand vas-tu t'arrêter ? demanda Harry en la soulevant de terre.

Elle se tut et posa sa petite tête sur son bras, comme si elle était fatiguée.

– Ce n'est pas étonnant avec tout ce vacarme que tu as fait, lui dit-il doucement.

Maman alluma la télévision, et ils se blottirent sur le canapé ; Pétula s'installa au milieu.

– Eh bien, mon chéri, on dirait que tu as de nouveaux copains.

– Ouais ! répondit joyeusement Harry.

– Tu ne m'as pas raconté comment vous vous êtes rencontrés, demanda-t-elle avec nonchalance, en lui ébouriffant les cheveux.

Harry fit un grand sourire, baissa les yeux et ébouriffa à son tour le pelage de Pétula. Puis il attrapa ses longues oreilles souples et les tint toutes droites au-dessus de sa tête.

– C'était facile, répondit-il. Le lapin nous a présentés.

Pétula, tout ensommeillée, sentit leur chaleur qui l'enveloppait tandis qu'elle se pelotonnait entre eux. Quelle dure journée de travail ! Maintenant que les étrangers étaient partis, tout était rentré dans l'ordre, mais elle allait devoir rester vigilante. Ces deux-là laisseraient n'importe qui pénétrer dans leur maison ! Pétula savait que sa mission consistait à veiller sur les membres de sa meute, même s'ils ne marchaient que sur deux pattes ; la première chose à faire était de leur montrer qui était le chef. Elle allait commencer par exécuter tout ce qu'ils demandaient – les « assis », « couché », « au pied », et compagnie – pour leur laisser croire qu'ils avaient le contrôle.

Mais comment serait-ce possible, ils étaient si petits !

CHAPITRE 3

Renard

Harry flânait dans la bibliothèque de l'école. Il aimait les ouvrages sur les animaux, même s'il avait renoncé à consulter *Le Grand Livre des chiens*, car quel était l'intérêt d'un grand livre quand on avait eu la malchance d'écoper du plus petit chien de la planète ? Il avait quand même jeté un œil à la page des bichons maltais et avait été horrifié de découvrir une sorte de peluche blanche toute pomponnée, avec des poils soyeux et de longues oreilles qui pendaient jusqu'au sol comme une robe du soir, sans compter – ô cauchemar ! – le nœud rose sur sa tête. Il avait violemment refermé l'album. Allait-elle vraiment devenir comme cela ? Il ne s'en remettrait jamais.

Quel enfer ! Comment pouvait-on se retrouver dans un bâtiment plein de gens et se sentir à la fois si désespérément seul ? Deux des plus grands garçons l'avaient poussé en le croisant dans le couloir et avaient crié : « Dégage, demi-portion ! » Cela lui avait miné le moral, mais il savait qu'il devait se contenter de sourire et faire comme si c'était sans importance. « J'aimerais être à des kilomètres d'ici », songea-t-il.

Cette pensée lui fit choisir un livre avec des ours blancs sur la couverture. Il aimait bien les histoires de luge de sa mère lorsque, petite fille, elle glissait sur la poudreuse qui s'amoncelait en couche épaisse. Elle confectionnait toujours un bonhomme de neige.

– La tête de Pétula me rappelle sans arrêt

ce souvenir, riait-elle, sauf que son nez ne ressemble pas à une carotte !

Harry feuilleta le livre et se régala des belles images en couleurs qui lui arrachèrent un sourire. Blottie dans la neige qui lui faisait comme une couette douillette, une boule blanche duveteuse avec un petit nez noir pointu le regardait de ses yeux charbonneux. Il lut :

Le renard polaire habite au beau milieu des glaces de l'Arctique. De la taille d'un gros chat, il est tout aussi agile : il peut se dresser sur ses pattes arrière et sauter haut dans les airs chaque fois que nécessaire. Blanc et pelucheux, il est doté d'une queue recourbée et de griffes acérées. Le renard polaire est une petite créature sympathique avec beaucoup de personnalité.

– Comme Pétula, fit Harry à haute voix.

Elle aussi se dressait sur ses coussinets arrière et se dandinait en agitant les pattes avant, surtout si on lui présentait une friandise pour chien. Soudain, il se sentit mieux.

Il regarda les photographies d'ours blancs, de phoques, de loups et d'Inuits, puis annonça à la bibliothécaire, Mme Smith, qu'il voulait emprunter le livre. Elle sourit et dit :

– Tu prépares un voyage au pôle Nord, Harry ?

– Un jour, peut-être ! répliqua-t-il joyeusement.

Il glissa le livre sous son bras ; il était content qu'elle se soit souvenue de son prénom.

– Au fait, ajouta-t-elle, qui est Pétula ? Je t'ai entendu tout à l'heure.

– Oh, c'est ma... Je veux dire, c'est la chienne de ma mère. Elle ressemble un peu à un renard polaire, en plus petit.

Cet après-midi-là, M. Mount leur expliqua qu'ils allaient parler du métier qu'ils aimeraient faire quand ils seraient grands.

– Et s'il vous plaît, ne me sortez pas la première chose qui vous vient à l'esprit, comme de devenir un footballeur célèbre, par exemple, poursuivit le maître.

D'habitude, Harry était trop intimidé pour participer ; toutes les idées qui lui passaient par la tête semblaient lui échapper au fur et à mesure et il se retrouvait seul face au vide.

Mais aujourd'hui, c'était différent. Il leva la main.

– Je voudrais être explorateur polaire, dit-il.

Les autres parurent intrigués.

Quand l'instituteur lui demanda pourquoi, Harry raconta qu'il avait envie d'aller voir de quelle façon survivaient les animaux dans le froid et l'obscurité qui sévissaient au pôle Nord la majeure partie de l'année. Avec toutes les illustrations du livre qu'il avait gardées en mémoire, il avait des tonnes de choses à dire. Il ajouta qu'il s'intéressait particulièrement aux renards polaires, et aux ours blancs, aussi.

– Très bien, c'est un excellent projet, dit M. Mount, tandis que des camarades de classe de Harry hochaient la tête dans sa direction, comme s'ils approuvaient.

Il eut soudain l'impression d'être très grand.

Pétula vivait avec eux depuis plus d'une semaine maintenant, et Harry commençait tout juste à s'habituer à voir sa mère l'attendre à la sortie de l'école avec la petite chienne blanche au bout d'une laisse en velours noir. Généralement, les garçons la montraient du doigt et ricanaient, tandis que les filles roucoulaient : « Oh ! Elle est tellement mignonne », ce qui gênait encore plus Harry et lui donnait envie de s'enfuir en courant.

Cette fois-là, quand Pétula le vit, elle lui fit une fête incroyable ; elle sautait sur sa jambe pour le supplier de la prendre dans ses bras. Harry se rendit soudain compte que c'était d'une certaine manière grâce à elle que, contrairement à l'ordinaire, sa journée avait été une réussite. Le renard polaire, c'était Pétula. Il se pencha et la recueillit. Elle gigotait comme une folle, battait l'air de ses pattes dans toutes les directions et lui léchait sauvagement le visage tandis qu'il se recroquevillait et se tortillait pour lui échapper.

– Beurk ! De la léchouille de chien ! cria-t-il.

– Aaaah, c'est trop chou ! Elle t'adore vraiment, lancèrent deux filles qui passaient.

Harry rit en s'apercevant que tous ceux qui le regardaient souriaient. Même les plus grands.

Et cela, comme maman dirait plus tard, c'était l'effet Pétula.

De retour à la maison, elle remit une enveloppe à Harry. Il reconnut l'écriture de papa et son ventre fit un petit soubresaut. Il adorait autant qu'il détestait recevoir des nouvelles de son père. Cela le faisait penser à des choses tristes et heureuses à la fois et il avait le tournis, comme Pétula lorsqu'elle tournait en tous sens dès qu'elle entendait sonner à la porte.

Il découvrit une carte postale qui représentait un paquebot. Le message était court, écrit gros parce que papa n'avait pas grand-chose à dire : seulement que son nouveau travail ne lui permettrait pas de voir Harry ce week-end, ni même les trois suivants,

qu'il était désolé mais qu'il se rattraperait quand ils se retrouveraient. Il avait joint un billet de dix livres.

Sans vraiment réfléchir à ce qu'il faisait, Harry émit un grognement sourd.

– Ouaf, ouaf, ouaf, fit Pétula à tout hasard.

Il fourra l'argent dans sa poche, jeta la carte en visant la corbeille à papier et rejoignit maman dans la cuisine.

Elle le regarda, mais ne dit rien. Harry attrapa un biscuit et l'enfonça entièrement dans sa bouche pour ne pas être en mesure de répondre si elle lui posait une question.

Il y eut un silence.

Puis : « Grrr… rrrr… grrrr. »

Pétula entra en trombe dans la pièce, les dents serrées sur quelque chose qu'elle secouait en tous sens, avec cet étrange grognement étouffé comme si elle avait attrapé un rat. Quand Harry se pencha pour essayer de lui prendre son butin, elle l'esquiva et détala sur-le-champ. Il était toujours étonné de voir à quel point elle était rapide.

« Grrr… rrrr. »

Pétula se tenait maintenant près de l'évier, juste à côté de maman, qui s'accroupit et dit avec sévérité : « Donne ! » puis : « C'est bien, ma fille. »

Elle leva un papier mâchouillé devant ses yeux. Harry entrevit une photo de paquebot. Maman lut la carte puis la lui tendit avec un sourire triste.

– Où a-t-elle déniché ça ?

– Dans la corbeille ; sauf si j'ai raté mon tir.

– Ah, dit-elle. Pétula a dû penser qu'il fallait que je sois au courant, non ?

Harry hocha la tête.

– Elle est très intelligente, conclut-elle.

– Oui, vraiment, renchérit-il avant de saisir la carte froissée et de la glisser dans la poche où se trouvait déjà l'argent.

– Nous allons faire quelque chose de chouette samedi à la place, se contenta d'ajouter maman.

Elle paraissait plus heureuse ces derniers jours. Elle disait que c'était parce qu'elle appréciait d'avoir de la compagnie durant la journée : « Pétula me suit partout. »

Harry aimait bien la voir qui s'asseyait maintenant de temps à autre, juste pour le plaisir de cajoler leur nouvelle amie sur ses genoux, au lieu de s'affairer sans arrêt à des tâches ménagères avec un soupir las.

Les renards étaient censés être malins,

n'est-ce pas ? Et Pétula, pensa Harry, ressemblait vraiment à un petit renard très intelligent.

Il pleuvait ce samedi, mais maman dit que cela n'avait pas d'importance et ne gâcherait pas son plan.

– Nous allons faire une petite sortie, sourit-elle.

Harry était tout excité et oublia de penser à son père. Il regarda la télévision, fit ses devoirs puis resta les yeux rivés à la pendule sans savoir pourquoi.

Finalement, la sonnette retentit et Pétula jappa, tourna sur elle-même en une folle sarabande, et se jeta contre la porte. Harry ouvrit et découvrit Isaac et Léna qui se tenaient là.

– Surprise ! fit Léna.

– J'adore la pizza, ajouta Isaac.

– J'ai pensé que nous pourrions aller déjeuner au restaurant, pour changer, expliqua maman. Il faut bien parfois s'offrir un petit extra, et je me suis dit que cela serait sympa si Isaac et Léna venaient avec nous. Par une triste journée comme celle-ci, on a tous besoin de pizzas... et de crèmes glacées !

– Génial ! fit Harry qui essayait de refréner un immense sourire.

– Qu'est-ce qu'on fête ? demanda Léna.

Il réfléchit à toute vitesse.

– Nous avons Pétula depuis, euh... deux semaines !

Ils s'entassèrent dans la voiture et prirent la route de la pizzeria. Assis à l'avant, Harry avait calé la chienne sur ses genoux. Isaac et Léna, installés sur le siège arrière, bavardaient comme s'ils connaissaient Harry depuis des années.

Après s'être garés, ils se dirigèrent vers l'entrée du restaurant, mais Harry s'arrêta brusquement.

– Regardez ! grogna-t-il.

– Oh non ! dit Léna.

– C'est nul ! cria Isaac.

Sur la porte, un panneau montrait un chien noir (qui ressemblait un peu à Prince, le vieil ami imaginaire de Harry) barré d'un trait rouge.

– Chiens interdits, grommela maman.

– Pouvons-nous la laisser dans la voiture ? suggéra Isaac. Il n'y a pas de soleil, et ça ne sera pas pour trop longtemps.

– Non, répliqua Harry. J'ai lu dans un journal que des gens volaient les chiens. Quelqu'un pourrait briser une vitre et la prendre.

En prononçant ces mots, il frémit. Il mesura toute l'horreur d'une telle éventualité. Vivre sans leur minuscule chienne blanche ? Impossible !

Soudain, le visage de maman s'éclaira.

– J'ai une excellente idée, murmura-t-elle. Mais d'abord, il faut que j'aie une petite conversation avec Pétula. Je crois que cela serait mieux si vous entriez tous les trois, vous dites que j'arrive et réservez une table pour quatre.

– Mais... et la..., commença Harry.

– Chut ! souffla-t-elle.

Quelques instants plus tard, alors que les enfants avaient pris place près de la baie vitrée, maman fit son apparition.

Les poches de son manteau semblaient bizarrement gonflées, son grand sac de cuir brun était passé sur son épaule ; elle gardait une main dessus. Aucune trace de Pétula.

Elle s'assit sur la banquette à côté de Harry et lui fit un clin d'œil.

– Alors, la petite troupe, vous avez choisi ? demanda-t-elle d'une voix forte.

Harry la dévisagea et vit ses yeux glisser vers le sac posé entre eux. Isaac et Léna consultaient le menu. Personne ne disait rien.

Tandis qu'ils dévoraient à belles dents leurs parts de pizza, ils comprirent bientôt combien maman avait été maligne.

– Il fallait trouver quelque chose, raconta-t-elle, mais j'ai dû expliquer avec fermeté à Pétula qu'elle ne devait pas faire un bruit. À vrai dire, elle est si intelligente qu'elle a manifestement compris tout ce que je disais.

La fermeture à glissière du sac était ouverte à une extrémité et, quand Harry fut sûr qu'on ne le regardait pas, il glissa sa main à l'intérieur pour caresser le corps doux et chaud blotti au fond. Maman avait fourré toutes ses affaires dans ses poches, il y avait donc plein de place pour la petite chienne. Pétula était douillettement installée et fort satisfaite.

Et personne ne sut jamais qu'elle était là pendant qu'ils se régalaient de délicieuses pizzas, suivies de glaces au chocolat et à la vanille.

– Vous avez tous passé un bon moment ? demanda la serveuse en venant chercher le règlement.

– Oui, merci. Vraiment TOUS, sourit maman.

– Pourrait-on emporter les restes pour notre chien ? demanda innocemment Harry.

Les jumeaux s'écroulèrent de rire.

Ce soir-là, Harry s'installa confortablement pour lire son livre sur l'Arctique. Maman chantonnait dans la cuisine tandis qu'elle remuait des casseroles et des marmites. Pétula était étendue à côté de lui, le menton posé sur le rebord du coussin de la chaise. Cela le remplissait toujours de contentement de la savoir là.

Une fois encore, il ouvrit le volume à la section sur le renard polaire. Il découvrit que son pelage passait de gris-brun en été à blanc en hiver, afin de le rendre invisible dans la neige.

Astucieux.

Il apprit qu'il creusait dans les couches les plus froides de la glace pour cacher sa nourriture et constituer des provisions en cas de pénuries hivernales, comme s'il se fabriquait un congélateur.

Génial.

Il lut que le renard polaire suivait fréquemment les ours blancs pour récupérer leurs restes. Mais comme les ours le considéraient aussi comme un en-cas appétissant, il lui fallait être très habile pour éviter de servir à son tour de déjeuner aux gros prédateurs.

Courageux.

Harry songea à tous les efforts de Pétula pour se faire aimer et, soudain, il comprit que c'était aussi une question de survie. Il la prit dans ses bras – elle était si légère – et la souleva au niveau de son visage pour plonger les yeux dans ses pupilles semblables à deux billes d'un noir d'encre.

– Qui aurait cru qu'une chienne miniature pouvait en réalité être un si intelligent petit renard ?

Pétula s'assit sous la table.

Ils étaient dans la cuisine, à faire tous ces bruits joyeux qu'elle ne comprenait pas toujours, sauf quand elle entendait son propre nom – qui revenait très souvent. Elle avait commencé à reconnaître « assis », « couché » et « au pied ! », surtout quand Harry lui offrait une friandise chaque fois qu'elle obéissait. « Bon garçon », lui disait-elle dans sa tête quand il lui donnait ce qu'elle voulait. C'était tellement facile de lui faire plaisir.

Pétula observa la mère de Harry qui lavait sa gamelle, puis son jeune ami qui la remplissait de nourriture. L'odeur était délicieuse, bien meilleure que celle de ce machin qu'ils avaient mangé quand elle était à l'intérieur du sac à main. Poulet et dinde, devina-t-elle en se léchant les babines. Belle prise.

Et comme sa petite meute l'avait si ingénieusement chassée pour elle ! Mais, bien sûr, ils y étaient obligés. Parce qu'ils savaient qu'elle était la femelle dominante.

CHAPITRE 4

Ours

Par une journée ensoleillée, Harry attacha Pétula en laisse et se rendit à la porte voisine pour voir Isaac et Léna. Ils étaient très bons amis maintenant. Harry était plus heureux qu'il ne l'avait jamais été ; même l'école lui plaisait beaucoup mieux. Il savait que cela datait du moment où Pétula était arrivée dans sa vie. C'est pourquoi il se sentait coupable quand, au fond de son cœur, il se surprenait toujours à rêver d'un grand chien.

Une fois, dans la rue, un homme débraillé avec un dogue à l'air féroce au bout d'un morceau de corde leur avait crié :

– Ce n'est pas un chien, c'est un rat en laisse !

Maman était devenue toute rouge et avait serré les lèvres.

– Quel culot ! avait-elle marmonné, dès qu'ils s'étaient retrouvés hors de portée.

Une autre fois, un adolescent avait hurlé :

– Faites attention qu'il ne se fasse pas attraper par un chat !

Et cela avait fait rire son copain.

– Ce n'est vraiment pas juste, expliqua Harry à Léna. Enfin, ils ne la connaissent même pas !

– Les plus beaux cadeaux sont dans les plus petits paquets, dit-elle.

– À l'intérieur de Pétula, il y a un chien énorme qui ne demande qu'à s'exprimer ! commenta Isaac.

– Oui, peut-être qu'elle se croit géante, répondit Harry, songeur.

Puis ils se précipitèrent dans le jardin, où Pétula se tenait tapie devant le clapier du lapin des Wilson et aboyait furieusement. Le gigantesque animal noir et blanc mâchonnait tranquillement un tas de feuilles de laitue.

– Regardez, Titan n'a même pas peur, rit Léna.

– C'est parce qu'il sait qu'il est plus gros, dit Isaac.

« On en revient toujours à la même chose », pensa sombrement Harry. En tant que chien, Pétula était totalement ridicule. Quand les gens demandaient si elle allait grandir, maman répondait généralement : « Non, vous la voyez telle qu'elle sera toujours ! »

Parfois, une vieille dame souriait et disait :

– Et quel âge a ton adorable chiot, mon chéri ?

Alors Harry devait grommeler que sa chienne avait atteint sa taille adulte.

– Vraiment ?

Vraiment.

Harry jouait sur l'ordinateur avec Isaac, pendant que Léna les regardait, Pétula sur les genoux. Mais la petite bichonne n'appréciait pas les bruitages du jeu et commença à trembler.

– Qu'est-ce qu'elle a ? demanda Léna.

– Oh, un rien lui file la frousse. Tu sais,

elle grelotte de peur si maman la laisse seule une heure à la maison.

– Poule mouillée ! dit Isaac, et Harry se joignit aux rires.

Mais il savait qu'il n'aurait pas dû. Il aurait dû être du côté de Pétula, parce qu'on est toujours du côté de ses amis. Et elle était son amie. Il n'y avait aucun doute là-dessus.

Cette journée s'annonçait géniale. M. et Mme Wilson avaient invité Harry, sa mère et Pétula à les rejoindre au parc du Belvédère, où ils avaient prévu de pique-niquer avec des amis. Harry devinait que maman avait commencé très tôt à se préparer, parce qu'elle se sentait nerveuse et intimidée à cette perspective. La raison en était simple. Les Wilson avaient plus d'argent qu'elle, et Mme Wilson était beaucoup plus jeune et très décontractée. Malgré leur côté gentil, chaleureux et sympathique, ils étaient très différents des gens que Harry et sa mère avaient l'habitude de côtoyer dans leur ancienne ville.

Simon Wilson possédait un énorme 4x4 où tout le monde pouvait prendre place confortablement. Il déposa des sacs de provisions et une lourde glacière dans le coffre, puis invita la maman de Harry à sauter sur le siège avant à côté de lui. Elle rougit et Harry sourit intérieurement. Roselyne Wilson monta à l'arrière avec les trois enfants et la chienne et, bientôt, ils roulèrent bon train, vitres grandes ouvertes. Pétula se tenait debout sur les genoux de Harry, les pattes avant appuyées sur le rebord de la fenêtre, les oreilles battant dans le vent.

À leur arrivée, l'autre famille attendait déjà sur le parking : deux adultes, une bambine et un garçon de l'âge de Harry.

– C'est mon meilleur copain, Johan, expliqua Isaac tandis qu'ils manœuvraient pour se garer.

À ces mots, Harry sentit un pincement bizarre dans son ventre, mais il sourit comme si de rien n'était.

Simon Wilson présenta tout le monde. Leurs amis s'appelaient Peter et Maggie Brown, et étaient donc accompagnés de Johan et d'une petite Maisie qui poussa des glapissements de joie en voyant Pétula et essaya de lui attraper une oreille de sa main poisseuse.

– Labin ! dit-elle.

– Non, c'est un petit toutou, sourit la mère de Harry.

– Labin ! Ze veux labin ! cria la petite fille qui, cette fois, s'empara des deux oreilles de la chienne pour les tirer toutes droites.

La pauvre Pétula avait l'air terrifié, et ils se mirent tous à rire.

Harry n'aima pas beaucoup cela. Et il n'aima pas non plus quand Isaac et Johan commencèrent à faire les fous, comme deux grands complices ; ils couraient devant avec les nappes de pique-nique et les mettaient sur leurs têtes pour faire semblant d'être des fantômes. Il entendit Roselyne Wilson dire à sa mère que les Brown étaient des copains d'université et que c'était pour cela qu'ils se connaissaient si bien. Léna se promenait en tenant la main de Maisie et lui souriait en bavardant. Ils s'entendaient tous à merveille ; et Harry se sentit mis à l'écart.

Il laissa Pétula le tirer avec sa longue laisse. Elle reniflait la moindre touffe d'herbe, poursuivait les feuilles et faisait claquer ses dents dans le vide sur des choses qui n'existaient pas. Comme d'habitude, la vue de son arrière-train touffu, rigolo, et de son ridicule panache de queue blanc le fit sourire. Il ne pouvait s'en empêcher.

C'était l'effet Pétula.

Ils rejoignirent bientôt l'aire de pique-nique avec ses tables de bois dispersées sous les arbres. Tandis que les adultes s'installaient, Isaac sortit un Frisbee d'un des sacs et partit à fond de train avec Johan pour commencer une partie. Ils ne proposèrent pas à Harry de se joindre à eux. Il savait que c'était juste parce qu'ils étaient excités de se retrouver mais cela lui laissa un sentiment amer.

– On les suit ? demanda Léna.

Il hocha la tête.

– Pourquoi ne détaches-tu pas Pétula pour qu'elle puisse s'amuser aussi ? ajouta-t-elle.

Il observa les alentours. L'endroit était sûr : pas de route, pas de circulation. Et aucun panneau indiquant que les chiens devaient être tenus en laisse. Il jeta un coup d'œil à sa mère et fut heureux de voir qu'elle sirotait du vin blanc dans un gobelet en plastique et discutait avec les deux autres femmes comme si elles étaient de vieilles connaissances.

Pétula sur leurs talons, Harry et Léna coururent vers l'espace où Isaac et Johan se renvoyaient le Frisbee.

– À moi ! cria Harry, mais Johan l'envoya à Léna.

Puis Isaac le lui lança si haut que, malgré son saut, il manqua le Frisbee qui partit en tourbillonnant dans un fourré. Il entendit Johan ricaner. Ce n'était pas juste. Mais Pétula était déjà dans le massif, à remuer la terre, gratter, farfouiller dans les feuilles. Johan, les mains sur les hanches, déclara :

– Ce qu'il nous faudrait, c'est un vrai chien – comme un retriever, par exemple. Ce hamster géant ne pourra jamais rapporter un Frisbee !

« Pétula, rapporte, ma fille ! Rapporte ! » pria Harry dans sa tête.

À peine quelques minutes plus tard, elle réapparut en trottinant, le Frisbee jaune coincé dans sa gueule, même s'il faisait quatre fois la taille de sa tête.

Isaac, Léna et Harry applaudirent ; Johan avait l'air stupéfait.

– Eh bien ! cria-t-il. Le labin reprend du poil de la bête !

Ils avaient faim. C'était l'heure des cuisses de poulet, des sandwichs, des quiches, du fromage et de toutes les autres choses délicieuses que les Wilson avaient apportées. Il y en avait toute une pile sur la table. Les adultes buvaient du vin blanc et les enfants du jus de pomme. Ce pique-nique était formidable ; mais Johan vint encore tout gâcher.

Il souleva Pétula en l'air et rit bruyamment.

– Regardez, dit-il, avec une seule main ! Un coup de vent et elle s'envole !

Harry lui adressa un regard furieux.

– On n'a pas le droit de te taquiner sur ton… euh… chien ? railla Johan.

– Non, fit-il. Tu n'as pas le droit.

– Bien dit, commenta Léna.

– Quand on y pense, ajouta doucement la mère de Harry, personne ne dirait qu'un roitelet n'est pas un oiseau parce qu'il est petit, n'est-ce pas ? C'est autant un oiseau qu'une pie, ou même un aigle. Juste différent, c'est tout.

– Bonne remarque, dit M. Wilson.

– Parfaitement ! conclut Harry en croisant les bras.

Ils continuèrent de bavarder autour de la table en bois. La petite Maisie, qui s'ennuyait, descendit du banc pour flâner dans l'herbe à proximité. Elle vit quelques boutons-d'or un peu à l'écart et décida d'aller les examiner. Le soleil brillait, tout était paisible. D'un pas tranquille, Maisie s'éloigna davantage.

Puis, soudain, il y eut un bruit effrayant, comme si un animal sauvage était sur le point d'attaquer. Un énorme chien de chasse marron surgit à toute allure de derrière un bosquet, poursuivi par un jeune homme qui agitait une laisse dans une main et une muselière dans l'autre.

– Ici, Rex, hurla-t-il. Au pied, IMMÉDIATEMENT !

La bête fit halte un instant puis vit Maisie et émit un grondement féroce, terrible ; elle changea de direction pour se précipiter vers la fillette.

Ce fut seulement à cet instant que les adultes, toujours attablés, comprirent ce qui se passait ; Mme Brown laissa échapper un cri aigu.

Mais Maisie était hors de portée et le chien trop rapide.

C'est alors qu'une petite boule blanche surgit et fonça comme un bolide entre le monstre et la petite fille. Pétula poussait des aboiements tonitruants. Elle se ramassa sur elle-même, pattes arrière écartées comme si elle était sur le point de bondir, et défia l'autre chien, qui s'arrêta net dans sa course, pétrifié de surprise, gueule ouverte sur d'énormes dents et une langue pendante.

Rex avait l'air ébahi. Il n'avait jamais rien vu qui ressemble à Pétula. Il savait que c'était un chien, parce qu'elle sentait comme un chien et faisait un bruit de chien, pourtant, elle ne correspondait à aucun animal qu'il connaissait et il était déconcerté.

– Ouaf-ouaf-ouaf-ouaf-ouaf-ouaf ! jappa Pétula.

Puis elle émit son grrrrrr le plus impressionnant, le plus grave, propre à vous glacer le sang.

Maisie se mit à pleurer mais, à ce stade, le jeune homme était enfin arrivé à sa hauteur, tout essoufflé, et avait saisi le collier de son chien. M. Brown se précipita pour serrer sa fille dans ses bras.

– Vous ne devriez pas laisser un chien comme ça sans laisse, hurla-t-il.

– Je sais, je suis désolé. C'était juste pour une minute mais il s'est échappé, dit le propriétaire du gros animal d'un air penaud.

– Oh, ma chérie ! cria Mme Brown qui prenait Maisie des bras de son père.

Le jeune homme éloigna rapidement Rex, et tout le monde reporta son attention sur Pétula qui réclamait de se faire porter par Harry.

– Waouh ! dit Isaac. Super labin.

– Elle est tellement brave ! dit Léna.

– Brave comme un ours, ajouta M. Brown.

– C'est la chienne la plus classe, la plus courageuse que j'aie jamais vue, commenta Johan qui semblait toujours un peu sous le choc. Elle a sauvé ma petite sœur.

– Je lui suis tellement reconnaissante, dit Mme Brown, les yeux humides.

Harry ne s'était jamais senti aussi fier de sa vie. Pétula serrée fort contre lui, il se détourna vers la table de pique-nique. Il n'arrivait plus à parler. Et si la grosse brute l'avait attaquée ? Et si… Non, il ne voulait pas penser à cela. Tout ce qui importait, c'était qu'elle se soit montrée héroïque et que personne, désormais, ne dirait plus qu'elle n'était pas un vrai chien.

– Donne-lui du poulet, mon chéri, dit sa mère, qui avait l'air aussi fière que lui.

– Je lui en découpe un morceau, proposa Mme Wilson.

Tout le monde était aux petits soins pour Pétula ; Johan invita Harry à venir lui rendre visite avec sa chienne, Isaac et Léna, dès que possible.

– Petit ours et moi-même allons y réfléchir, sourit Harry qui essayait de ne pas avoir l'air trop content.

– Pourquoi croyez-vous qu'elle n'avait

pas peur de cet énorme animal ? finit par demander Mme Wilson.

– Les petits chiens peuvent être très protecteurs avec leurs maîtres, expliqua la mère de Harry, et peuvent même devenir très féroces.

– Ce Rex ne savait plus quoi penser ! rigola Isaac.

– Il n'y a qu'une seule explication, coupa Harry avec orgueil. À l'intérieur du petit corps de Pétula, il y a un très grand chien, un chien immense, qui peut affronter le monde entier.

– Ouaf. Ouaf ouaf ouaf ! acquiesça Pétula.

Et tous éclatèrent de rire.

On était au beau milieu de la nuit.

Harry dormait profondément, un bras posé sur Pétula, qui était roulée en boule très serrée. Avant d'éteindre la lumière, ils avaient joué pendant des heures à creuse-un-terrier-dans-les-draps et elle avait sauté partout comme une folle. Finalement, Harry avait murmuré : « Bonne nuit, petit ours », et ils avaient plongé dans le sommeil. Mais pas pour longtemps.

Pétula ouvrit les yeux et fixa l'obscurité. Elle pensa à ce grand chien, à la façon dont elle l'avait sommé de déguerpir, et se demanda pourquoi les gens en avaient fait toute une histoire. N'empêche que le poulet avait été délicieux... hmmm... Elle se lécha les babines à ce souvenir.

Elle redressa les oreilles. La vieille maison grinçait et paraissait différente dans la fraîcheur de la nuit. Le bras de Harry était trop lourd. Elle se tortilla pour se dégager et alla se poster au bord du lit, à l'affût. Qui était là ? Un gros chien qui pourrait faire du mal à son ami ? Elle le chasserait ! Elle effrayerait les cambrioleurs ! Elle réglerait leur compte aux méchants ! Elle aboierait contre le noir !

Mais il n'y avait rien dans les parages.

Elle resta pourtant sur ses gardes. Elle savait que sa mission était de protéger sa meute – pour toujours.

Alors, elle ne serait jamais trop prudente.

La lumière qui provenait de la porte entrouverte projeta son ombre sur le parquet brillant de la chambre. Et Pétula vit combien elle était gigantesque. Et tellement intimidante.

TABLE DES MATIÈRES

Bel Mooney est née en 1946 à Liverpool. Elle entreprend des études de littérature à l'université de Londres, où elle rencontre son premier mari, dont elle aura trois enfants. Elle s'oriente vers le journalisme et tient des colonnes dans les grands quotidiens. Plus tard, elle s'installe à Bath et se lance dans l'animation radiophonique et télévisée ainsi que dans l'écriture de romans pour la jeunesse. Les aventures de Pétula lui ont été inspirées par sa petite chienne maltaise.

Site auteur : www.belmooney.co.uk

Clément Devaux est né en 1979 à Pontarlier, dans le Doubs. Après un BTS de communication visuelle, il intègre l'École des arts décoratifs, dans la section illustration. Il travaille pour la presse et l'édition jeunesse. Il a illustré *Sadi et le général*, paru dans la collection « Folio cadet ».